Analyse de l'œuvre

Par Thomas O'Brien

Le bruit et la fureur

William Faulkner

lePetitLittéraire.fr

Analyse de l'œuvre

Par Thomas O'Brien

Le bruit et la fureur

William Faulkner

Rendez-vous sur lepetitlitteraire.fr et découvrez :

Plus de 1200 analyses
Claires et synthétiques
Téléchargeables en 30 secondes
À imprimer chez soi

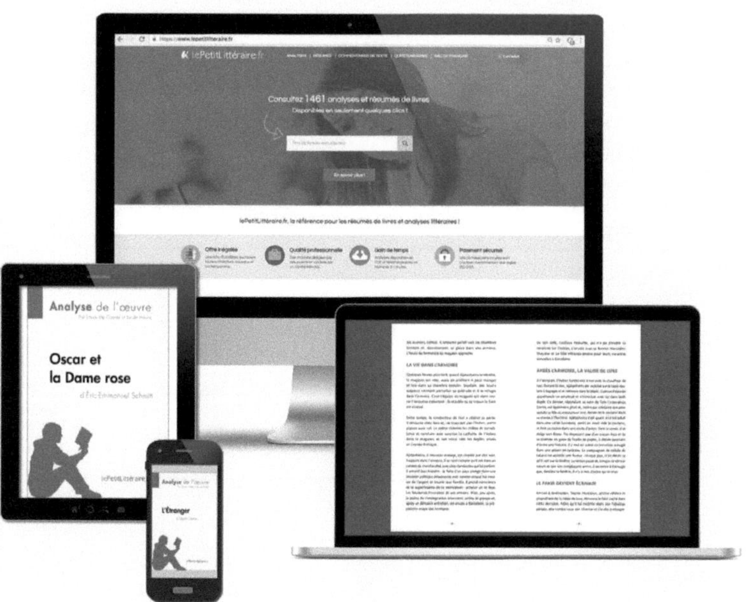

WILLIAM FAULKNER

ROMANCIER ET NOUVELLISTE AMÉRICAIN

- **Né à New Albany, Mississippi, en 1897.**
- **Décédé à Byhalia, Mississippi en 1962.**
- **Travaux notables :**
  - *Une rose pour Emily* (1930), nouvelle
  - *As I Lay Dying* (1930), roman
  - *Absalom, Absalom !* (1936), roman

Né William Cuthbert Falkner (orthographe correcte de son nom de famille), le lauréat du prix Nobel de littérature 1949 grandit dans une famille de lettrés tout en apprenant à monter à cheval, à chasser et à pêcher. Ses plus grandes influences sont sa mère, qui l'encourage à lire et à dessiner, et sa nourrice Caroline Barr.

Il n'obtient pas de diplôme de fin d'études secondaires, puis réussit à s'engager dans la Royal Airforce canadienne en se faisant passer pour un Britannique, mais la Première Guerre mondiale se termine avant qu'il n'effectue de missions actives, ce qui ne l'empêche pas de garder le personnage (et l'uniforme) d'un pilote de la RAF lorsqu'il retourne dans le Mississippi.

Avant 1926, date de la publication de son premier roman *Soldiers' Pay*, il écrit principalement de la poésie et absorbe les œuvres de modernistes tels que le poète britannico-américain T.S Elliot (1888-1965) et le romancier irlandais James Joyce (1882-1941). L'écrivain américain Sherwood Anderson (1876-1941) lui conseille d'écrire des histoires basées sur la campagne du Mississippi, dont sa ville natale d'Oxford, conseil qui aboutit à la création du comté fictif de Yoknapatawpha, qui devient le cadre de la majorité de ses romans.

Lorsqu'il publie le roman controversé *Sanctuaire* en 1931, celui-ci se vend bien et suscite l'intérêt pour ses romans antérieurs tels que *Le bruit et la fureur* (1929). Ce livre, ainsi que ses romans publiés dans les années 1930 comme *Lumière en août* (1932) et *Absalom, Absalom!* (1936), sont considérés comme ses meilleures œuvres et ont attiré plus d'analyses et de critiques que n'importe quel autre écrivain du 20e siècle en raison de leurs textes denses, stimulants, pleins de symbolisme, d'expérimentation linguistique et de personnages profondément imparfaits.

Faulkner continue à écrire sur des thèmes difficiles tels que la race, la mort et la sexualité tout au long des années 1940 et 1950. Il meurt d'une thrombose développée après un accident de cheval en 1962.

LE BRUIT ET LA FUREUR

UN ROMAN MODERNISTE EXPÉRIMENTAL

- **Genre :** roman moderniste
- **Edition de référence :** Faulkner, W. (1995) *The Sound and the Fury*. Londres : Vintage
- **1ère édition :** 1929
- **Thèmes :** le Sud-américain, l'enfance, la famille, la race, la sexualité

Faulkner commence à écrire *Le bruit et la fureur* au cours d'une longue période pendant laquelle il tente, sans succès, de faire publier son précédent roman. Découragé, mais en même temps libéré, par les critiques et les rejets des agents et des éditeurs, Faulkner écrit un roman très expérimental dans son utilisation du langage et sa narration non linéaire. Il est aujourd'hui considéré comme l'un des meilleurs romans américains du XXᵉ siècle, et était certainement le préféré de Faulkner parmi ses 19 romans.

La première des quatre parties du roman est écrite du point de vue de Benjy Compson, un homme gravement handicapé mental qui vit avec sa famille aristocratique et ses domestiques noirs dans la campagne du Mississippi. Les deuxième et troisième parties sont racontées du point de vue des deux frères de Benjy : le sensible Quentin et le vindicatif Jason. Les récits des trois frères vont et viennent dans le temps et racontent la désintégration progressive de la famille et l'obsession des frères pour leur sœur Caddy.

La dernière partie utilise une voix narrative plus traditionnelle, et met en contraste le dysfonctionnement de la famille Compson avec la dignité tranquille de leur gouvernante noire Dilsey Gibson.

RÉSUMÉ

Une note sur la section de Benjy : À l'origine, Faulkner voulait que cette section soit imprimée avec des encres de couleurs différentes afin que le lecteur puisse suivre plus facilement la chronologie des événements, qui est décousue et pas présentée de manière chronologique. Seules des éditions spéciales limitées présentent cette caractéristique. Dans la plupart des éditions, l'italique est utilisé pour signifier un changement dans le temps. Comme Benjy ne peut rien faire d'autre que d'enregistrer ce qu'il voit et entend, beaucoup d'événements concernant d'autres personnes ne deviennent clairs qu'en lisant la section racontée par Jason, le frère de Benjy.

LE 7 AVRIL 1928 : BENJY

Le jour de son 33e anniversaire, Benjy Compson suit son gardien Luster autour de la propriété de la famille Compson à la recherche d'une pièce de monnaie que Luster a perdue. Ils commencent au bord de la propriété où Benjy regarde les gens jouer sur le terrain de golf adjacent. Lorsque les golfeurs appellent leurs caddies, rappelant à Benjy sa sœur Caddy, cela provoque chez lui une forte réaction émotionnelle. Alors que lui et Luster marchent jusqu'à un ruisseau et retournent ensuite à la maison des Compson, divers points de repère, odeurs et autres stimulations déclenchent des souvenirs que Benjy ressent comme si c'était la première fois.

Ramper à travers une clôture ramène Benjy en 1902, quand lui et Caddy remettent une lettre de leur oncle Maury à Mme Patterson, une voisine. Le contenu de la lettre pousse M. Patterson à attaquer physiquement Maury, qui jure de se venger.

Passer devant le garage de la calèche évoque une ancienne promenade en calèche au cours de laquelle T. P., l'oncle de Luster, conduit Benjy et sa mère au cimetière pour se recueillir sur les tombes du père de Benjy et de son frère Quentin. Jason, un adolescent, refuse de les accompagner et se plaint que son oncle Maury soutire de l'argent à sa mère.

La visite du ruisseau provoque chez Benjy le souvenir d'un jour de 1898 où les quatre enfants Compson sont envoyés loin de la maison avec Versh, l'autre oncle de Luster. Les autres appellent Benjy *Maury*, le nom qu'il a reçu à la naissance. Après avoir joué dans le ruisseau, ils retournent à la maison, où Frony (qui est une enfant dans cette scène, mais qui deviendra la mère de Luster quand elle sera plus âgée) laisse échapper ses soupçons sur la mort de la grand-mère des enfants Compson. Caddy refuse de la croire et tente d'espionner par une fenêtre pour prouver que Frony a tort. Mais Quentin, plus âgé, soupçonne que Frony dit la vérité. Les enfants sont envoyés se coucher dans la maison de Dilsey et Roskus (domestiques de la famille Compson, et des parents de T. P., Versh et Frony), sans plus d'informations sur la mort de leur grand-mère.

En passant devant la grange dans son souvenir de 1898, la mémoire de Benjy fait un bond en avant jusqu'en 1910, le jour du mariage de Caddy. T. P. vole de l'alcool dans la cave, se saoule et en donne aussi à Benjy. Quentin les découvre et bat T. P., mais donne ensuite plus d'alcool à Benjy pour le faire taire.

Lorsque les enfants sont envoyés au lit dans la maison de Dilsey en 1898, cela provoque un autre saut de mémoire chez Benjy, l'amenant à un autre moment dans la même maison, lorsque Roskus parle de sa croyance en une malédiction sur la famille Compson, qui est rejetée par Dilsey. Cela déclenche à son tour une série d'autres souvenirs, dans lesquels Benjy entend Caddy et Dilsey discuter de son changement de nom de Maury à Benjamin, trouve Caddy seule avec son amant, assiste à la mort de son père, joue avec le bébé Luster et la jeune fille de Caddy, aussi appelée Quentin, et entend Roskus reparler de la malédiction.

En marchant avec Luster devant le portail de la propriété, Benjy se souvient qu'il s'est échappé et a poursuivi des écolières qui passaient par là, puis qu'on lui a administré un anesthésiant pour une opération au cours de laquelle il a été castré.

De retour dans le présent (7 avril 1928), Benjy mange un gâteau d'anniversaire avec Dilsey et Luster mais se brûle la main sur le poêle. Dilsey ouvre le poêle pour que Benjy puisse regarder le feu, ce qui le calme mais déclenche une autre séquence de souvenirs, dans laquelle Benjy visite sa mère dans sa chambre de malade, assiste à une bagarre entre Caddy et Jason, et revit sa douleur lorsque Caddy est bannie de la maison par leur mère.

Plus tard, Benjy trouve Quentin, la fille de Caddy, dans une situation similaire – seule avec un amant dans une partie isolée de la propriété – à celle dans laquelle il a trouvé Caddy plusieurs années auparavant. Benjy est ensuite témoin d'une dispute furieuse entre la jeune fille et Jason – maintenant chef de famille – au sujet de son comportement.

LE 2 JUIN 1910 : QUENTIN

Quentin, le frère de Benjy, se réveille dans sa chambre à l'université de Harvard, et est dérangé par le bruit de sa montre, qu'il a hérité de son grand-père. Il retourne se coucher, se remémorant tour à tour son père qui lui a donné la montre et le souvenir douloureux du faire-part de mariage de Caddy. Son colocataire Shreve lui dit qu'il sera en retard en classe s'il ne part pas bientôt. Alors qu'il regarde Shreve se rendre à son premier cours depuis la fenêtre, Quentin se souvient d'avoir avoué à son père qu'il avait commis un inceste avec sa sœur Caddy et du refus de son père de croire à cette histoire. Il retourne dans sa chambre et détruit sa montre, avant de se rendre au bureau de poste pour poster une lettre à son père, puis d'aller prendre son petit-déjeuner.

Quentin se rend ensuite dans un magasin pour se renseigner sur la réparation de sa montre, puis dans un autre pour acheter deux poids. Il prend un train sans destination précise et descend près d'un pont sur la Charles River (Cambridge, Massachusetts). Sur le pont, il observe Gerald

Bland, un camarade de classe, qui part en barque, et pense à nouveau à sa sœur Caddy et à son ressentiment à l'égard de ses mœurs légères. Il semble également songer à son propre suicide par noyade. Il croise Deacon, un homme noir payé pour faire des courses pour les étudiants de l'université, et lui remet une lettre pour son colocataire Shreve.

Il prend ensuite un trolley (tramway) et s'enfonce à nouveau dans les souvenirs de Caddy, se rappelant comment il a confronté son fiancé Herbert Head avant le mariage et a ensuite tenté de convaincre Caddy, qui n'était pas sûre de l'identité du père de son futur enfant, de s'enfuir avec lui au lieu d'aller jusqu'au mariage.

Plus tard, Quentin achète de la nourriture pour une jeune fille italienne affamée dans une boulangerie, qui commence alors à le suivre. Il cherche sa maison, mais est ensuite arrêté lorsque le frère de la jeune fille l'accuse d'enlèvement. Il négocie sa libération et rejoint Shreve, Gerald Bland, un camarade de classe appelé Spoade, deux jeunes femmes et la mère de Bland, qui se rendent à un pique-nique. Se souvenant d'une bagarre entre lui et Dalton Ames, qui pourrait être le père de l'enfant à naître de Caddy, Quentin se bat avec Gerald Bland, qui, selon Quentin, traite les femmes de la même manière qu'Ames. Quentin finit par être sévèrement battu.

Quentin retourne ensuite à Harvard, où il range ses affaires, s'habille avec soin et se prépare à partir. Il est maintenant clair qu'il va mettre à exécution son projet de suicide et que les lettres adressées à son père et à Shreve sont des notes de suicide.

LE 6 AVRIL 1928 : JASON

Le matin du jour précédant la narration de Benjy, son frère Jason confronte sa mère Caroline au sujet du comportement de sa nièce Quentin, qui sèche fréquemment l'école et qu'ils soupçonnent d'avoir eu de multiples relations avec des hommes. Jason menace de remplacer sa mère dans l'éducation de Quentin et tente de la battre au petit déjeuner, mais Dilsey et Caroline l'en empêchent. Il la conduit ensuite à l'école et arrive en retard à son travail au magasin local de Jefferson.

Peu de temps après, Jason récupère son courrier à la poste, qui comprend une lettre de sa maîtresse à Memphis et un chèque de sa sœur Caddy, bannie, destiné aux dépenses de sa fille. La lettre déclenche une série de souvenirs, dont l'enterrement de son père, Jason Compson, auquel Caddy, chassée par son mari Herbert Head et bannie de la maison familiale des Compson, assiste en secret. Elle supplie son frère de lui permettre de voir sa fille, ce qu'il accepte de faire contre de l'argent. Jason se rappelle alors les efforts qu'il a déployés pour empêcher Caddy de voir à sa fille, notamment en menaçant de renvoyer Dilsey Gibson et d'envoyer Benjy dans une institution.

Il apparaît clairement que Jason se considère comme la seule personne responsable de la famille et qu'il a été injustement privé de l'emploi lucratif que lui offrait le mari de Caddy, ce qui lui permet de justifier facilement le vol de l'argent que Caddy envoie à sa fille. Sa fraude est révélée lorsqu'il cherche un faux chèque à remettre à sa mère – qui a l'habitude de brûler les chèques envoyés par Caddy – et qu'il décrit comment il a une procuration sur les affaires de sa mère. Il utilise une partie des fonds supplémentaires pour investir en bourse, et attribue ses mauvais résultats à sa croyance en une conspiration juive visant à escroquer les investisseurs. Il parvient même à prendre la majeure partie d'un chèque que Caddy a envoyé directement à sa fille.

Il voit ensuite Quentin passer devant le magasin en compagnie d'un artiste du spectacle ambulant qui est en ville pour le week-end. Furieux, il les suit à pied, puis en voiture, mais ils échappent à sa poursuite. Jason est très sarcastique à l'égard de son patron au magasin qui ose lui reprocher de ne pas venir au travail. Plus tard dans la soirée, lors du dîner, Jason se défoule sur Dilsey et Luster, avant de se disputer avec Quentin, qui le soupçonne clairement d'avoir volé son argent. Après que sa nièce soit partie en claquant la porte, Jason a même recours à l'intimidation de sa mère, qui le considère comme son seul enfant normal et ne voit pas ses défauts.

LE 8 AVRIL 1928 : DILSEY

Le matin du dimanche de Pâques, Dilsey Gibson sort de sa minuscule cabane et se rend dans la cuisine de la maison des Compson pour préparer le petit-déjeuner. Se rendant compte que son petit-fils Luster fait la grasse matinée après avoir assisté au spectacle la nuit précédente, elle doit allumer le feu elle-même et préparer le repas. Elle a du mal à faire cela et à répondre aux demandes mesquines de Caroline en même temps. Jason l'oblige alors à aller chercher Quentin pour le petit-déjeuner, mais ils se rendent vite compte que la chambre de Quentin est vide. Caroline saute à la conclusion que Quentin s'est suicidée comme son oncle homonyme, mais Jason se rend compte de la vérité : Quentin a découvert où il garde l'argent qu'il lui a volé, et s'est échappée.

Alors que Jason part à la recherche de Quentin, Dilsey se prépare à assister au service de Pâques à l'église locale et décide d'emmener Benjy avec elle au lieu de le laisser avec l'hystérique Caroline. Elle marche vers l'église avec Benjy, sa fille Frony et son petit-fils Luster à travers la ville de Jefferson, et est accueillie avec respect et révérence par les autres résidents noirs. A l'église, un prédicateur invité commence son service en parlant d'une manière polie et éduquée. Lorsqu'il passe à un discours plus émouvant, en parlant dans le dialecte noir du Sud, son service a un effet profond sur Dilsey, qui pleure ouvertement, et sur Benjy, dont l'agitation habituelle est apaisée. De retour à la maison, Dilsey et Luster ne parviennent pas à faire taire Benjy, aussi Dilsey demande à Luster de conduire Benjy en calèche pour visiter le cimetière où sont enterrés son père et son frère.

Alors que Dilsey assiste à l'office religieux, Jason se rend en voiture au bureau du shérif de Jefferson et demande au shérif de l'aider à retrouver Quentin. Le shérif refuse d'aider Jason, invoquant le manque de preuves, mais agissant en réalité par antipathie pour Jason et par suspicion à l'égard de ses transactions financières. Jason décide d'agir seul et se rend dans la ville voisine, en espérant que Quentin et son amant s'y sont rendus avec les autres artistes du spectacle. Jason ne les trouve pas et est dans un tel état physique qu'il doit payer un homme du coin pour le ramener à Jefferson.

Luster conduit Benjy vers le cimetière, mais fait le tour de la place de la ville dans la direction opposée à celle à laquelle Benjy est habitué. Cela provoque une détresse extrême chez Benjy, et Jason – qui récupère dans sa voiture garée sur la place – jette violemment Luster hors de la calèche et inverse sa direction. Benjy cesse de crier et se détend alors que le voyage reprend son ordre familier.

ÉTUDE DE CARACTÈRE

Note sur l'apparence physique des personnages : Comme les trois premières sections du roman sont racontées par les trois frères Compson, les personnages principaux (les familles Compson et Gibson) ne sont pas décrits physiquement ; Benjy en est incapable, et Quentin et Jason n'ont pas besoin de décrire les personnes qu'ils connaissent si bien (bien que les camarades de Harvard de Quentin soient décrits en détail). Il faut attendre la dernière partie, avec son narrateur omniscient, pour connaître l'apparence de certains personnages. Ainsi, les personnages qui ne sont pas présents lors des événements du 8 avril 1928 (l'aîné Jason Compson, son fils et sa fille Quentin et Caddy) ne sont jamais vraiment décrits physiquement.

BENJY COMPSON

Benjy est le fils gravement handicapé mental de Jason et Caroline Compson. Nommé après son oncle Maury à la naissance, sa mère insiste pour changer son nom lorsqu'elle prend conscience de l'étendue de son handicap, qu'elle ne veut pas associer à son côté de la famille. À l'âge adulte, c'est un homme de grande taille, dépourvu de toute pilosité en raison de sa castration à l'adolescence, qui a « une démarche traînante comme un ours dressé » (p. 274) et des yeux « du bleu pâle et doux des bleuets » (*ibid.*). Il est incapable de parler ou d'interpréter les événements, et ne fait pas la différence entre les événements passés et présents. En conséquence, la partie du roman « racontée » par Benjy se lit comme une série d'impressions visuelles et de dialogues qu'il entend, comme si Benjy était simplement un enregistreur audio et vidéo.

Benjy ne change pas et ne se développe pas au fil du temps, et joue donc (dans la mesure où il en est capable) avec les différentes générations d'enfants du roman exactement de la même manière. Le seul moment où il montre un signe de développement physique, en devenant excité et en poursuivant les écolières du quartier lorsque le portail de la propriété est laissé ouvert, est brutalement interrompu par sa castration.

De ses trois frères et sœurs, Quentin semble le plus souvent indifférent à Benjy, étant complètement absorbé par ses propres préoccupations et son obsession pour Caddy. Jason voit Benjy comme une honte pour la famille, pousse à son institutionnalisation, et pourrait avoir eu beaucoup plus à faire avec la castration de Benjy qu'il ne l'admet. Caddy est le seul membre de la famille de Benjy à lui témoigner une véritable affection. Elle divise donc involontairement l'existence autrement « intemporelle » de Benjy en deux parties : sa vie avec elle, et sa vie sans elle après son bannissement, pendant laquelle il recherche et est temporairement réconforté par des choses qui lui rappellent son existence.

Les souvenirs d'enfance de Benjy (1898 et 1902) montrent une époque où les Compson formaient une unité plus soudée et assumaient au moins la responsabilité de ses soins. Dans ses derniers souvenirs, la famille a commencé à se désagréger et Benjy est presque entièrement pris en charge par Dilsey, ses enfants et son petit-fils, qui sont beaucoup plus aptes que n'importe quel Compson (à part Caddy) à comprendre ses besoins.

CADDY COMPSON

Caddy (Candace) Compson est la deuxième plus vieille enfant de Jason et Caroline. Elle est la plus heureuse et la mieux adaptée de la fratrie jusqu'à ce qu'elle atteigne l'adolescence, où sa sexualité naissante la conduit à de multiples aventures, puis plus tard à une grossesse, à un mariage raté et à un bannissement de la maison familiale. Elle est obligée de laisser sa fille Quentin aux soins de ses parents et de Dilsey.

Bien qu'elle soit la seule des quatre enfants Compson à ne pas raconter une partie du roman, Caddy, ses actions et son absence sont au cœur de l'intrigue. Ce rôle central découle en grande partie de la préoccupation de ses trois frères pour elle et son comportement :

- La répétition par Benjy de « Caddy sentait les arbres » (p. 40) est la suggestion la plus puissante qu'il n'est pas seulement un « témoin muet » des événements du roman, mais qu'il possède aussi une vie émotionnelle intérieure, en grande partie grâce à sa sœur. Lorsque Caddy porte du parfum, c'est comme si elle n'existait pas pour Benjy.
- L'obsession de Quentin pour la sexualité de sa sœur et son incapacité à l'accepter sont résumées dans le

passage suivant : « Pourquoi ne l'amènes-tu pas dans la maison, Caddy ? Pourquoi dois-tu faire comme les femmes nègres dans les pâturages, les fossés, les bois sombres, les chauds cachés furieux dans les bois sombres » (p. 90).
- Jason fait preuve d'une vindicte, d'un égoïsme et d'un manque d'empathie presque sociopathiques lorsqu'il (au début et à la fin de sa section) rejette brutalement la vie de Caddy en disant « une fois une salope, toujours une salope » (p. 179, p. 264).

L'importance du personnage de Caddy ne réside pas dans ses actions, mais dans la réaction de sa famille à son comportement parfaitement normal et naturel. La tragédie centrale du roman est que le refus de Quentin, Jason et leur mère d'accepter Caddy pour ce qu'elle est la sépare de Benjy, et met fin à la seule relation véritablement aimante et nourrissante au sein de la famille.

QUENTIN COMPSON (LE FRÈRE DE CADDY)

Quentin est l'aîné des quatre enfants Compson. Il est envoyé à l'université de Harvard grâce aux fonds provenant de la vente d'une partie du patrimoine familial. Il est émotionnellement sensible, et mal équipé pour faire face aux réalités de la vie, tant à la maison qu'au Massachusetts.

L'annonce du mariage de Caddy avec Herbert Head le plonge dans une spirale de dépression dont il ne parvient pas à se remettre. Sa dépression se caractérise par une réflexion intense sur la vision cynique et fataliste de la vie de son père et par des souvenirs douloureux liés à la « perte » de sa sœur Caddy lorsqu'elle devient sexuellement active, contrairement à sa propre virginité.

Il existe des similitudes remarquables entre Quentin Compson et Holden Caulfield, le narrateur et protagoniste de *L'attrape-cœurs* (1951) de J. D. Salinger (écrivain américain, 1919-2010). Tous deux sont dépressifs et ont le sentiment erroné qu'ils sont responsables de la protection de l'innocence de leurs sœurs (Holden est destiné à échouer dans cette tâche impossible dans laquelle Quentin a déjà échoué), et tous deux se battent à cause du manque de respect pour les femmes d'un camarade de classe (tous deux perdent gravement). Le voyage sans but de Quentin le long de la Charles River est également reflété par le voyage de Holden à New York.

En raison de sa fixation sur son père et sa sœur, les sentiments de Quentin envers les autres membres de sa famille ne sont pas clairs. De même, le personnage de Quentin est largement confiné à sa propre section, et les sentiments des membres de sa famille à l'égard de son suicide restent flous ; Benjy ne ressent pas son absence comme celle de Caddy, et Jason mentionne à peine son frère aîné.

JASON COMPSON IV

Jason Compson est le troisième enfant de Jason Sr. et Caroline. À l'âge adulte, il apparaît « froid et rusé, avec des cheveux bruns coupés en brosse [...] comme une caricature de barman » (p. 279). Il montre les premières preuves de son caractère vindicatif lorsqu'il détruit des poupées en papier que Caddy avait fabriquées pour Benjy (p. 63). Au moment où il devient adulte, dans le « présent » du roman (avril 1928), il est devenu une sorte de monstre. Sa vie est dominée par deux obsessions majeures : l'argent et la haine qu'il voue à sa sœur Caddy, absente, et à sa fille Quentin.

Bien que certains de ses ressentiments soient fondés sur la réalité (il n'a pas bénéficié de la scolarité coûteuse de son frère et de sa sœur aînés en raison de la situation financière réduite de la famille, et le revenu de son travail est nécessaire au ménage), il utilise également des griefs imaginaires ou exagérés pour justifier son comportement, notamment le vol de l'argent que Caddy envoie régulièrement pour les dépenses de sa fille.

Il est le plus ouvertement raciste des Compson, qualifiant Dilsey Gibson et sa famille de « cuisine pleine de nègres » (p. 278), et faisant constamment référence à la paresse et à l'indignité supposées des Noirs en général, et de la famille de Dilsey en particulier.

Bien qu'il soit de loin le personnage le plus désagréable du roman, Jason est capable de voir les défauts réels des autres personnages ainsi que ceux qu'il imagine. Il fournit également l'image la plus claire de certains des événements clés du roman et est souvent considéré comme le personnage le plus drôle de tous les romans de Faulkner.

DILSEY GIBSON

Dilsey Gibson est la gouvernante de la famille Compson et la nounou des enfants. C'est une femme grande et forte, bien que sa stature soit diminuée à l'époque du présent roman, avec «un visage affaissé qui donnait l'impression que les os eux-mêmes étaient hors de la peau» (p. 266). La dernière partie du roman révèle son intense foi religieuse. Elle impose une discipline stricte à ses propres enfants, les enfants Compson et à son petit-fils Luster, tout en faisant preuve d'une grande bonté et d'une grande patience envers eux, en particulier Benjy.

Dans les premières parties du roman, lorsque son mari Roskus et Jason Compson sont encore en vie, Dilsey s'en remet à eux en tant que chefs de famille, mais avec leur mort, elle devient la personne la plus naturellement auto-ritaire de la propriété Compson. Bien qu'elle doive rester obéissante aux ordres directs de Caroline et du jeune Jason, elle gère efficacement les demandes parfois ridicules de Caroline, et elle résiste particulièrement bien à la tyrannie de Jason, défendant même physiquement Quentin (la fille de Caddy) contre un passage à tabac (p. 184).

Le reste de la famille de Dilsey est le suivant :

- **Roskus :** Le mari de Dilsey. Sa mauvaise santé l'em-pêche déjà de travailler au moment de la mort de l'aîné des Compson. Il est très superstitieux, et pense que le handicap de Benjy et le suicide de Quentin sont la preuve d'une malédiction sur les Compson.

- **Versh :** Le fils aîné de Dilsey. Il prend le rôle de gardien de Benjy pendant l'enfance de ce dernier, puis quitte le domaine des Compson pour trouver du travail.
- **Frony :** La fille de Dilsey. Elle vit sur le domaine mais ne semble pas travailler directement au service des Compson. Enfant, elle joue avec les Compson et les informe de la mort de leur grand-mère lorsque Caroline et l'aîné Jason tentent de leur cacher la nouvelle.
- **T. P. :** Le fils cadet de Dilsey. T. P. devient le gardien de Benjy après Versh. Il se saoule pendant le mariage de Caddy et est attaqué par Quentin.
- **Luster :** Le petit-fils de Dilsey. Il est devenu le principal gardien de Benjy au moment de la présentation du roman. Il est moins obéissant que ses deux oncles, et parfois il taquine et malmène Benjy par ennui.

CAROLINE COMPSON

Caroline Compson est la mère de Quentin, Caddy, Jason et Benjy. En avril 1928, elle apparaît « froide et quérulente, avec des cheveux d'un blanc parfait et des yeux exorbités et déconcertés, si sombres qu'ils semblent être tout pupilles » (p. 279). Elle est hypocondriaque, se plaint constamment de ne pas se sentir bien et reste au lit pendant de longues périodes. Elle est très consciente du statut social inférieur de son côté de la famille (les Bascombs) par rapport au nom de famille illustre de son mari. Elle cherche à équilibrer cette situation en attribuant les fautes de ses enfants – la promiscuité de Caddy, le handicap de Benjy et le suicide de Quentin –

à la lignée des Compson, et en ignorant les fautes de son frère Maury et de son fils Jason, qu'elle considère comme un Bascomb.

À un moment donné, dans la section du roman consacrée à Quentin, celui-ci se lamente : « Si seulement j'avais eu une mère pour pouvoir dire Mère Mère » (p. 171). Malgré l'attitude d'apitoiement de Quentin, il donne un aperçu de l'attitude de Caroline envers ses enfants. Elle pense que, en tant qu'adolescents, Quentin et Caddy « ont toujours conspiré contre moi » (p. 261). Elle a également peu de patience envers Benjy, n'apprenant jamais l'« art » de le calmer que Caddy et la famille Gibson maîtrisent parfaitement. Elle s'aliène même Jason, son préféré, en faisant de lui la principale cible de ses plaintes et de ses insécurités après le bannissement de Caddy et la mort de Quentin et de son père.

En refusant d'accepter toute responsabilité dans l'issue tragique de la vie de ses enfants, Caroline devient un objet de pitié et de dégoût pour tous les Compson et Gibson qui restent au domaine en 1928.

JASON COMPSON III

Jason Compson III est le père de Quentin, Caddy, Jason et Benjy. Comme sa femme, mais dans une moindre mesure, il est coupable d'être un parent distant et négligent. Il est plein d'orgueil et ne fait rien pour apaiser les insécurités de sa femme quant à leur statut social relatif, traitant son frère avec amusement et dédain.

Bien que Quentin puisse être un narrateur peu fiable et que ses récits de conversations avec son père puissent donc être quelque peu inexacts, il semble que son père était insensible, allant même jusqu'à se moquer des obsessions et des insécurités de son fils aîné. Selon Quentin, son père lui a transmis la montre de son propre père avec ces mots: «Je te donne le mausolée de tout espoir et de tout désir» (p. 73). Cette attitude nihiliste, l'insistance sur le fait que rien ne compte vraiment et que l'espoir est inutile, a un effet puissant sur Quentin et contribue peut-être à son suicide.

Cependant, il semble aussi exister une autre facette de son caractère. Il montre une certaine affection envers Caddy et Benjy en tant qu'enfants, et aussi un désir de garder la famille unie, semblant être en désaccord avec le bannissement de Caddy et l'idée d'envoyer Benjy dans une institution. Cependant, sa mort due à l'alcoolisme laisse Caddy, sa fille Quentin, Benjy et la famille Gibson exposés aux caprices de Caroline et du jeune Jason.

QUENTIN COMPSON (LA FILLE DE CADDY)

Quentin Compson, née et nommée peu après le suicide de son oncle, est la fille de Caddy et d'un père inconnu. Elle est volontaire et rebelle, et son adolescence reflète celle de sa mère. Elle déteste son oncle Jason avec passion et, en grandissant, elle se rend compte qu'il cherche à l'escroquer. Loin de l'influence de sa mère, elle ne développe aucune empathie pour Benjy, et l'idée de l'envoyer dans une institution est la seule chose sur laquelle elle et Jason sont d'accord. Elle fait preuve de courage et d'initiative en prenant l'argent que Jason lui a volé au fil des ans et en s'échappant.

ANALYSE

ORIGINE DU TITRE

Le titre du roman provient de l'un des discours du personnage titulaire de la pièce *Macbeth* (1623) de William Shakespeare (dramaturge anglais, 1564-1616) :

> *« Demain, et demain, et demain se glisse dans ce rythme insignifiant de jour en jour, jusqu'à la dernière syllabe du temps enregistré,*

> *Et tous nos hier ont éclairé les imbéciles*

> *Le chemin de la mort poussiéreuse.*

> *Éteins, éteins, brève bougie !*

> *La vie n'est qu'une ombre qui marche, un pauvre joueur*

> *Qui se pavane et s'agite pendant son heure sur la scène*

> *Et puis on ne l'entend plus.*

> *C'est un conte raconté par un idiot, plein de bruit et de fureur.*

> *Ne signifiant rien. »* (Macbeth, V.v.19-28)

Le lien entre « un conte raconté par un idiot » et la section de Benjy est évident, et le dernier acte du roman est « plein de bruit et de fureur », la détresse de Benjy atteignant son paroxysme lorsque Luster le conduit dans le mauvais sens sur la place de la ville. Il est également possible de chercher d'autres liens, comme la possibilité que Quentin tente d'empêcher le « rythme mesquin » de s'installer lorsqu'il ignore l'avertissement de son colocataire de se dépêcher d'aller en classe et qu'il brise la montre de son grand-père. Son frère Jason est très certainement « un pauvre acteur qui se pavane ». Enfin, on ne sait pas si Faulkner considérait ou non que son roman préféré ne signifiait rien, mais *Le bruit et la fureur* est certainement l'une des raisons pour lesquelles on l'entend encore longtemps après la fin de son « heure sur la scène ».

FORME ET STYLE

Faulkner a souvent prétendu être un « fermier », avoir une éducation formelle limitée et peu d'intérêts en dehors de la campagne du Mississippi, qu'il a habitée pendant la majeure partie de sa vie. Le sujet de ses œuvres, dont *The Sound and the Fury*, semble renforcer cette idée, mais la réalité est toute autre. Au début des années 1920, Faulkner était pleinement engagé dans les tendances littéraires contemporaines et les affaires courantes.

Un aspect essentiel de cet engagement a été l'essor de la littérature et de la poésie modernistes, qui a conduit les écrivains et les poètes à tenter consciemment de rompre avec les formes traditionnelles de poésie et de narration et à expérimenter de nouvelles formes et de nouveaux styles d'écriture. Cette expérimentation inclut le déve-loppement de l'écriture du « courant de conscience », dans laquelle l'écrivain tente d'enregistrer l'expérience subjective et interne d'un personnage, plutôt que de raconter l'histoire par l'intermédiaire d'un narrateur omniscient. Bien que son précédent roman *Flags in the Dust* (publié pour la première fois sous le titre *Sartoris* en 1929) ne présentait pas de nombreuses caractéristiques de la fiction narrative traditionnelle, *The Sound and the Fury* a été la première véritable expérience de Faulkner en matière de modernisme littéraire et d'écriture du courant de conscience.

En raison de la nature expérimentale de l'œuvre, les lecteurs trouvent souvent les sections de Benjy et Quentin extrêmement difficiles à lire, mais se sentent ensuite récompensés par le rythme frénétique de l'action et l'humour de la section de Jason, ainsi que par la richesse de l'écriture descriptive lorsqu'ils sont sortis des perspectives des frères Compson dans la dernière section.

Noel Polk et Theresa M. Towner, spécialistes de Faulkner, fournissent d'excellentes indications sur la manière dont les expériences modernistes de Faulkner avec le langage et la structure l'ont aidé à représenter la vie intérieure des frères Compson, tout en permettant à l'histoire tragique des Compson d'émerger lentement. Ces idées seront examinées dans les sections suivantes.

Benjy

Towner écrit à propos de *The Sound and the Fury* que « sa structure, comme son titre, nous invite à participer à la résolution d'un mystère » (Towner, 2008 : 148). Elle fait référence à la chronologie décousue du roman dans son ensemble, et dans la section de Benjy en particulier. Benjy ne peut pas faire la différence entre le passé et le présent, et le lecteur doit donc chercher des indices pour avoir une idée de ce qui est arrivé aux Compsons, et dans quel ordre, entre 1898 et 1928. Et même là, il devra attendre la section de Jason pour avoir la confirmation et la clarification de certains événements.

Dans la section de Benjy, la langue ainsi que la structure offrent des mystères que le lecteur peut résoudre. Dès la première page, Benjy voit des drapeaux rouges et jaunes et répète plusieurs fois l'observation « ils frappaient » (p. 1). Le fait que Benjy regarde des gens jouer au golf est quelque chose que le lecteur doit découvrir par lui-même. En utilisant le langage de cette manière, Faulkner invite également le lecteur à évaluer l'étendue du handicap de Benjy. En ne disant pas « ils jouaient au golf », Benjy montre que sa capacité à saisir les concepts est bien inférieure à celle des très jeunes enfants, et lorsqu'il nous dit « ils frappaient peu » (soit qu'ils frappaient doucement, comme au putting, soit qu'ils jouaient sur une partie du terrain plus éloignée), nous apprenons qu'« il vit le monde comme une convergence confuse et instable de phénomènes non connectés » (Polk, 1993 : 141).

Relire la section de Benjy après avoir terminé le roman, sans la frustration habituelle de la première tentative, peut conduire à une meilleure appréciation de l'utilisation audacieuse et innovante du langage par Faulkner pour représenter la vie intérieure d'un individu souffrant de déficience neurologique (près de trois quarts de siècle avant la publication en 2003 de *The Curious Incident of the Dog in the Night-Time* de Mark Haddon [romancier anglais, né en 1962]).

Quentin

D'une certaine manière, le récit de Quentin donne au lecteur une image beaucoup plus claire des événements que celui de Benjy. Quentin fait plus clairement la différence entre le passé et le présent, offre des descriptions détaillées des autres personnages et ses propres idées sur leur comportement, et offre une perspective physique beaucoup plus large alors qu'il erre dans les environs de Harvard le dernier jour de sa vie. Cependant, lorsque le passé s'immisce dans ses pensées, son récit devient encore plus confus et difficile à suivre que celui de Benjy.

Polk explique cette différence en proposant que Faulkner utilise la variation du langage pour représenter les trous de mémoire de Quentin qui sont extrêmement douloureux et déroutants :

> « *On peut retracer la désintégration psychique de Quentin, ses mouvements d'entrée et de sortie de la lucidité, dans le degré de normalité de la représentation de son langage, depuis les phrases structurées de manière complexe de certains passages, jusqu'à la désintégration presque complète de la représentation traditionnelle du langage dans d'autres.* » (Polk, 1993 : 150)

Dans cette optique, la narration directe de ses actions par Quentin à la dernière page de sa section (p. 178) prend un caractère très effrayant, car elle suggère qu'il est beaucoup plus en paix en se jetant dans une rivière qu'il ne le serait en continuant à se tourmenter avec les souvenirs de son père et de sa sœur.

Jason

Le langage plus direct de la section de Jason montre qu'il a le sens adulte de lui-même qui manque à Benjy, mais qu'il n'a pas la même curiosité intellectuelle avancée que Quentin. Le remplacement de « a dit » par « dit » dans son récit montre qu'il vit beaucoup plus dans le moment présent que ses frères. Il possède un ego dont ses frères sont dépourvus (Benjy à cause de son handicap, Quentin à cause de sa dépression écrasante), ce qui lui permet de rester maître de son récit.

Bien que Jason apporte de la clarté et éclaircisse de nombreux événements qui restent incertains dans les sections de Benjy et Quentin, son amour-propre excessif et ses préjugés font de lui un narrateur moins fiable que ses frères ; Benjy n'a pas la capacité d'omettre des choses dont il est témoin ou d'embellir des faits, et Quentin, à ce qu'il sait être la fin de sa vie, n'a aucune raison d'être malhonnête. Faulkner représente le manque de fiabilité de Jason en lui faisant utiliser des « je dis » dans ses pensées intérieures pour des remarques spirituelles et tranchantes qu'il ne dit pas à voix haute. Towner écrit que « l'insistance de Jason sur le pouvoir rhétorique masque un ego fragile » (Towner, 2008 : 22) et que son personnage a une « profondeur psychique », en ce sens qu'il se cache des choses à lui-même, et donc au lecteur, alors que ses frères ne le font pas (Towner, 2008 : 21). Polk est d'accord, écrivant que Jason « parle fort pour ne pas avoir à écouter les voix qui le menacent : il noie un bruit horrible par un bruit encore plus horrible » (Polk, 1993 : 156).

LA SOCIÉTÉ DU SUD AU DÉBUT DU 20TH SIÈCLE

Aristocratie

L'idée d'une « aristocratie » méridionale s'est développée lorsque les premiers propriétaires terriens des colonies britanniques de Virginie et des Carolines ont employé, d'abord, des serviteurs sous contrat venus d'Europe et, ensuite, des esclaves africains dans le cadre du commerce atlantique des esclaves qui a prospéré aux XVIe, XVIIe et XVIIIe siècles. Ce modèle a persisté lorsque les colonies sont devenues les États-Unis et a permis à certains propriétaires terriens d'accroître leurs avoirs pour en faire d'immenses plantations et de cultiver un style de vie tranquille dans lequel ils jouissaient de certains des luxes de leurs homologues européens. Cette forme de société s'est répandue vers l'ouest, où le mode de vie des propriétaires de plantations de Virginie et de Caroline a été imité par les grands propriétaires terriens des nouveaux États, comme le Mississippi de Faulkner. Même après que le conflit entre les États agraires et esclavagistes du Sud des États-Unis et les États industrialisés et non esclavagistes du Nord ait dégénéré en guerre civile américaine (1861-1865), les gouvernements imposés aux États du Sud par le gouvernement fédéral américain (connus sous le nom de gouvernements de la Reconstruction) n'ont pas réussi à mettre en œuvre des réformes foncières, et certaines familles propriétaires de plantations ont pu maintenir leur style de vie aristocratique, ou du moins l'illusion de celui-ci, jusqu'au XXe siècle.

La famille Compson dans *Le bruit et la fureur* représente la persistance d'une forme de société qui devient rapidement obsolète face aux développements économiques de la fin du XIXe et du début du XXe siècle (représentés dans le roman par la vente de la plupart de leurs terres productives restantes, qui sont transformées en terrain de golf). Jason Compson, l'aîné, semble vivre selon les idéaux et les mythes de l'aristocratie du Sud, puisque lui, sa femme et son frère Maury voient tous leurs besoins (cuisine, gestion du domaine, et la grande majorité des soins aux enfants) satisfaits par une famille noire vivant sur leur domaine. Jason semble prendre soin d'inculquer ces valeurs à son fils aîné Quentin, qui se suicide lorsque sa sœur ne parvient pas à se montrer à la hauteur du mythe de la « dame » du Sud. Le plus jeune, Jason Compson, abandonne ce mode de vie pour se consacrer à la recherche de l'argent et ne se soucie pas d'apparaître comme un « gentleman », même s'il utilise volontiers sa position de chef de famille pour servir ses propres intérêts.

Course

Tout comme pour la réforme agraire, les gouvernements de la Reconstruction ont échoué dans leurs tentatives de faire respecter l'égalité raciale et les droits des nouveaux citoyens noirs, en particulier dans les États du « Sud profond » comme le Mississippi. Dans *The Sound and the Fury*, Dilsey et son mari Roskus sont assez âgés pour être nés en esclavage (avant 1865), et leur vie et celle de leur famille reflètent la façon dont les circonstances des anciens esclaves ont changé et sont restées les mêmes après l'abolition de l'esclavage. En 1928, deux de leurs fils (Versh et T. P.) sont partis pour trouver du travail, et Dilsey démontre qu'elle a ses propres sources de revenus lorsqu'elle paie le gâteau du 33e anniversaire de Benjy (p. 57). Elle n'hésite pas non plus à prendre la défense des autres contre les brimades de Jason. Cependant, elle est incapable de refuser un ordre direct de Jason ou de sa mère, et sa famille n'a apparemment pas le choix de s'occuper de Benjy lorsque les autres Compson refusent soit de l'envoyer dans une institution, soit de s'en occuper eux-mêmes. La persistance des valeurs « aristocratiques » du Sud au XXe siècle s'est accompagnée de l'insistance de la majorité des Sudistes blancs sur le fait que les Noirs n'étaient aptes qu'à être employés comme domestiques, ou à devenir des métayers chez des propriétaires terriens blancs ; la propriété foncière indépendante ou l'exercice d'une profession devait rester l'exception plutôt que la règle pour les Noirs du Sud pendant de nombreuses années encore. Ces mesures étaient étayées par une menace implicite de violence.

Deux formes différentes de préjugés raciaux sont montrées par les frères Jason et Quentin au cours de leurs sections du roman. Lorsque son train s'arrête, Quentin jette une pièce à un homme noir qui attend au passage à niveau et lui dit de « s'acheter du santy claus » (p. 85). Ce racisme condescendant et paternaliste est un autre vestige du mode de vie des plantations du XIXe siècle, transmis à Quentin par son père. Jason, quant à lui, fait preuve d'un racisme beaucoup plus violent et virulent, faisant constamment référence aux supposés défauts des « nègres » qui travaillent pour lui et son collègue au magasin. Comme Jason ne partage pas les valeurs de son frère et de son père, il incarne plutôt le racisme plus audacieux et plus méchant qui était le produit de la réaction contre les demandes de liberté et d'égalité, et qui a conduit à la restriction du droit de vote pour les Noirs du Sud, à la ségrégation et aux lynchages fréquents qui visaient à inspirer la peur aux Noirs du Sud qui tentaient de faire valoir leurs droits, d'obtenir une éducation ou de progresser économiquement.

Faulkner montre sa conscience aiguë de la réalité de la vie d'un Noir américain au XXe siècle à travers la description que fait Quentin de sa relation avec Deacon, un Noir qui gagne sa vie en faisant des courses pour des étudiants de Harvard comme Quentin. Quentin décrit le processus par lequel Deacon prend une personnalité différente selon les Blancs auxquels il s'adresse. Richard Wright, un auteur noir américain (1908-1960), confirme la validité de cette brève observation de Faulkner de manière beaucoup plus détaillée dans son roman *Native Son* (1940) et son autobiographie *Black Boy* (1945). La démonstration d'une compréhension sophistiquée des relations raciales (bien plus aiguë que celle de nombreux historiens professionnels contemporains) sans faire de déclarations politiques manifestes sur leur injustice est une caractéristique commune de l'œuvre de Faulkner.

Sexualité

Faulkner a affirmé que l'image d'une fille avec des sous-vêtements boueux a été son point de départ pour écrire *The Sound and the Fury*. Cette image, qui se produit lorsque Caddie grimpe à un arbre pour voir par la fenêtre de la maison (p. 37), ne peut avoir une signification sexuelle pour Benjy, mais marque peut-être le début de la prise de conscience par Quentin, légèrement plus âgé, de sa différence sexuelle avec sa sœur. L'image prend une grande importance à la lumière des futures « transgressions » sexuelles de Caddy (aux yeux de sa mère, de son mari et de ses frères).

Bien que la sexualité de Caddy lui cause une certaine honte et des regrets, ces sentiments proviennent du fait qu'elle est témoin de la douleur de ses frères Quentin, qui a le sentiment de ne pas avoir réussi à protéger son innocence, et Benjy, qui ne peut pas comprendre pourquoi elle doit partir (elle regrette également le pouvoir sur sa vie que son comportement passé semble donner à son frère Jason). Elle ne regrette cependant pas les actes eux-mêmes, montrant un refus d'intérioriser les attitudes envers le sexe et la sexualité montrées par sa famille. Selon Towner, Faulkner manifeste une forte « sympathie pour les objets du désir sexuel » (Towner, 2008 : p. 87) dans une grande partie de son œuvre. La responsabilité de la séparation forcée de Caddy de sa famille n'incombe pas à Caddy elle-même, mais à sa mère, qui incarne une certaine attitude sociétale à l'égard de la sexualité féminine, laquelle est également responsable du tourment émotionnel de Quentin et de son éventuel suicide.

QUELQUES QUESTIONS À MÉDITER...

- Pourquoi pensez-vous que Faulkner ouvre le roman avec la section de Benjy, qui se déroule le 7 avril, plutôt que celle de Jason, qui se déroule le 6 avril ?
- Pourquoi Quentin n'envoie-t-il des lettres de suicide qu'à son père et à son colocataire ?
- Quelle est la signification du service religieux dans la dernière section ? Pourquoi le prédicateur passe-t-il du langage standard au langage vernaculaire noir du Sud pendant son sermon ?
- Pourquoi pensez-vous que Dilsey reste avec les Compsons face aux exigences et aux abus de Caroline et Jason ?
- Pourquoi pensez-vous que Frony, la fille de Dilsey, ne participe pas au service des Compson ou ne s'occupe pas de Benjy ?
- Faulkner décrit en détail les relations entre la famille aristocratique blanche des Compson et leurs domestiques noirs, sans jamais faire explicitement référence au contexte politique et social plus large des relations raciales dans le Sud. Pensez-vous que cela signifie que Faulkner ne s'est pas préoccupé du statut politique et social des Noirs du Sud ?
- Dans le dernier acte du roman, Jason se précipite pour corriger l'erreur de Luster et calmer Benjy. Est-ce un

signe que Jason est vraiment attaché à son frère, ou veut-il simplement qu'il cesse de crier en public?
- De nombreux personnages de Faulkner, dont Quentin (le frère), trouvent l'odeur des fleurs oppressante et désagréable. À votre avis, pourquoi?

AUTRES LECTURES

EDITION DE RÉFÉRENCE

- Faulkner, W. (1995) *The Sound and the Fury*. Londres : Vintage.

ÉTUDES DE RÉFÉRENCE

- Polk, N. (1993) Trying Not to Say : A Primer on the Language of *The Sound and the Fury*. Dans : Polk, N. ed. (1993) *New Essays on* The Sound and the Fury. Cambridge : Cambridge University Press, pp. 139-175. [En ligne]. [Consulté le 15 novembre 2018]. Disponible sur <https://doi.org/10.1017/CBO9780511620485>
- Shakespeare, W. (1993) *Macbeth.* New York : Dover Publications.
- Towner, T. (2008). *The Cambridge Introduction to William Faulkner.* Cambridge : Cambridge University Press. [En ligne]. [Consulté le 15 novembre 2018]. Disponible sur <https://doi.org/10.1017/CBO9780511817045>

SOURCES SUPPLÉMENTAIRES

- Faulkner, W. (1949) *Discours d'acceptation du prix Nobel.* [En ligne]. [Consulté le 15 novembre 2018]. Disponible sur https://www.nobelprize.org/prizes/literature/1949/faulkner/speech
- Lewis, P. (2007). *The Cambridge Introduction to Modernism.* Cambridge : Cambridge University Press. [En ligne]. [Consulté le 15 novembre 2018]. Disponible sur <https://doi.org/10.1017/CBO9780511803055>

Votre avis nous intéresse !
Laissez un commentaire sur le site de votre librairie en ligne
et partagez vos coups de cœur sur les réseaux sociaux !

lePetitLittéraire.fr

- des analyses de livres
- des fiches de lectures
- des commentaires littéraires
- des questionnaires de lecture
- des résumés

**Retrouvez
notre offre complète sur
lePetitLittéraire.fr**

www.lepetitlitteraire.fr

ISBN version numérique : 9782808684422
ISBN version papier : 9782808685221
Dépôt légal : D/2023/12603/1022

Conception numérique : Primento,
le partenaire numérique des éditeurs.